Ye

42976

ESPÉRANCES

OU

ÉPANCHEMENTS

D'UN CŒUR FRANÇAIS

EN 1872

Domini est salus, et super populum tuum benedictio tua (Ps. 3, 8.)

Le salut est de Dieu, et sa bénédiction est sur son peuple. (Trad. de Laharpe.)

DIJON

LIBRAIRIE MANIÈRE-LOQUIN
Place d'Armes.

ESPÉRANCES

OU

ÉPANCHEMENTS D'UN CŒUR FRANÇAIS

EN 1872

I.

L'AN NOUVEAU

Quand se meurt sous mes yeux notre France chérie
Et que sur moi des ans s'aggrave le fardeau,
Ne voyant que douleurs pour nous, pour la Patrie,
Puis-je encore avec foi sourire à l'An nouveau?

    Nos jours de grandeur et de gloire
    Sont-ils à jamais disparus?
    Et vous, beaux rêves de victoire,
    Hélas! qu'êtes-vous devenus?
    Quoi? la France si glorieuse
    Courbe sa tête généreuse
    Sous l'avare joug d'un vainqueur!
    O Dieu d'amour et de lumière,
    C'est donc en vain que ma prière
    Vers vous s'élançait de mon cœur!

Ce Dieu d'amour, ô France malheureuse,
Doit-il aimer qui déteste son nom,
Et de ta Race incrédule et railleuse
Prendre souci? Juge, tu diras : « Non. »
Et qu'ont-ils fait des rayons de lumière
Dont Dieu, lui seul, a pu les enrichir?
Ils ont voué leur culte à la matière,
Disant : « Ce Dieu, du moins, sait obéir! »
Libres de frein, de croyance et de guide,
Leurs goûts divers sont devenus leurs lois,
Et la Vertu, bafouée et timide,
N'a plus osé faire entendre sa voix.
L'intérêt seul les touche et les enflamme :
Le plus offrant peut seul compter sur eux;
Ils lui vendront et leur corps et leur âme,
La terre même où dorment leurs aïeux !

Que peuvent ces mercenaires
Contre des Peuples unis,
S'élançant au cri de guerres
Dieu, le Prince et le Pays (1)!
Ici, l'entente, l'ensemble
Et la foi qui les rassemble
Des membres font un seul corps,
Tandis que la méfiance,
Quelle que soit la vaillance,
Là, rend vains tous les efforts.

Quand l'Allemagne ainsi se coalise,

(1) Gott mit Uns! Mitt Gott für Koenig und Vaterland !

Faut-il qu'alors la France se divise,
Et que, dressant drapeau contre drapeau,
Elle prépare et creuse son tombeau?
Quand dans son sein, hideuse, bestiale,
Rampe et s'étend l'Internationale....,
Quand sous ses pieds tremble et fléchit le sol....,
Peut-il s'agir ou de Pierre ou de Paul?
Et que lui fait le pouvoir monarchique,
Bourbon, l'Empire ou bien la République,
Si, revenus de leurs tristes excès
Tous ses enfants savent être Français,
Obéissant à la voix qui leur crie
Rien pour toi-même et tout pour la Patrie,
Et, sans orgueil, attendant de plus haut,
Pour triompher, la force qu'il leur faut?
Pressés alors autour de sa bannière
Et cuirassés de sa vertu première,
Désormais forts et dignes de leur sang,
Dans l'univers ils reprendront leur rang.

A de telles destinées,
France, avant de parvenir,
Mets à profit tes années
De deuil et de repentir:
Dans le cœur de ta jeunesse
Sache inculquer la sagesse
Et les civiques vertus;
Sous l'œil de la Providence
Cultive avec confiance
Les dons qu'elle en a reçus.

Tandis qu'arrivé presque au terme de ma vie,
Jours qu'appelle mon cœur, je ne pourrai vous voir,
Oui, oui, vous reviendrez, beaux jours de ma l'atrie,
Oui, je veux sous ma tombe en conserver l'espoir.

II.

L'ŒUVRE DES FEMMES DE FRANCE

(9 FÉVRIER 1872)

Oui, que mes derniers chants soient des chants d'espérance!
Oui, jusqu'en ses malheurs Dieu protége la France!
    Elle dépérissait dans la prospérité,
    Elle refleurira, grâce à l'adversité!

    En vain l'étranger qui la souille
    A pensé lui ravir l'honneur,
    Et vainement il la dépouille
    De l'or qu'étalait sa splendeur.
    A lui la honte avec le crime!
    Hommage à la noble victime!
    Pour elle le plus pur encens!
    Il lui suffira pour richesse
    D'avoir retrouvé la tendresse
    Et le respect de ses enfants.

Ai-je bien entendu? « Console-toi, ma Mère!

« Pour payer ta rançon et charmer ta misère,
« Voici nos diamants, nos parures, notre or :
« Prends; nous te les offrons. S'ils ne peuvent suffire,
« A,l'aide du travail et du ciel qui m'inspire,
        « Pour toi nous en aurons encor. »

Ah! c'est la voix d'un ange, et cet ange est la femme,
Ange que la tendresse éclaire de sa flamme
Et qui, tenant de Dieu l'éloquence du cœur,
Subjugue la raison, la monte à sa hauteur.

    Inclinez-vous, ô sages de la France!
    A vous, peut-être, appartient la prudence,
    Et, s'il s'agit de nous faire des lois,
    Vous procédez avec mesure et poids.
    Mais, pour pouvoir entre vous vous entendre
    Et de chacun vous faire bien comprendre,
    Que de débats, que de discours sans fin,
    Qui, trop souvent, laissent tout incertain!

        Jamais entrain plus unanime
        A-t-il étonné vos regards?
        Suivez, suivez l'élan sublime
        Que nous voyons de toutes parts!
        Loin de vous les calculs timides,
        Quand le ciel vous offre pour guides
        Les inspirations du cœur,
        De ce cœur des Femmes de France,
        Dont la devise est : *Délivrance!*
        Dévouement! Sacrifice! Honneur!

A vous il reste encore une tâche assez belle,
Celle de soutenir et combler l'escarcelle
Où pleuvent, pêle-mêle avec l'or et l'argent,
Les bijoux qui du riche étaient le doux partage.
Recueillez et comptez, sans repousser l'hommage
    Du sou qu'apporte l'indigent.

    Par l'adversité rajeunie,
    Non, la France ne peut mourir !
    Sa gloire, qui semblait ternie,
    Va plus que jamais resplendir.
    Bien plus que l'or la vertu brille !
    Et quand, ravis à leur famille,
    Deux membres pleurent nuit et jour,
    Cette *Œuvre des Femmes de France*,
    Conduite par la Providence,
    Présage même leur retour.

III.

AUX FEMMES DE FRANCE

Par suite de la délibération prise le 18 mai par le Comité général

Femmes de France, non, ne perdez point courage !
Le Ciel se chargera d'achever votre ouvrage :
S'il se trouve ici-bas des sentiments jaloux,
Le Ciel, le vrai soutien, le Ciel est avec vous !

Aviez-vous pour ressource unique
Le sacrifice de votre or?
Anges du foyer domestique,
Il vous reste un plus sûr trésor,
Trésor qu'en sa munificence
La secourable Providence
Tient à votre discrétion,
Des époux, des fils et des frères,
Ces dévoués auxiliaires,
La sève de la Nation?

Si trop longtemps il leur fallait attendre....!
Mais que dis-je?.... Ah! plutôt modérez leurs transports,
Comprimez leur courroux : c'est un feu sous la cendre,
Qui ne doit éclater qu'au jour des grands efforts.

IV.

L'EMPRUNT

GRANDE ET PACIFIQUE VICTOIRE ANNONCÉE LE 30 JUILLET
PAR LE MINISTRE DES FINANCES.

Oui, le Ciel apaisé veut notre délivrance !
Aux peuples, il a dit : « Fiez-vous à la France!
« La France, c'est le droit, l'honneur, la loyauté,
« La force, le travail, l'ordre et l'activité.

« Des tyrans redoutée, aux opprimés propice,
« Elle était l'instrument qui servait ma justice.
« Esclave, elle gémit ! Venez de toutes parts,
« Pour solder sa rançon, créer des milliards. »

Des milliards !!!.... Jamais le monde
A-t-il connu ce chiffre-là,
Même aux jours de l'orgie immonde
Des sombres hordes d'Attila (1)?

Déjà deux fois, s'ouvrant les veines,
La France a versé ce trésor :
Pour rompre ses dernières chaînes,
Il le lui faut trois fois encor !

Incroyables succès !.... O prodiges ! ô miracles !
Douze fois, même plus, est surmonté l'obstacle,
Cinq par la France seule, et sept par le concours
Des peuples...., en moins de deux jours !

De par tout le monde
Ils sont accourus,
D'une main féconde
Semant les écus :
En masses énormes
Sous toutes les formes
Ils les ont offerts,
Et leur confiance

(1) Allusion à l'énorme tribut qu'eut à payer l'empereur
Théodose II.

A dit : « Noble France,
« Vois tomber tes fers! »

Ils ont senti que l'équilibre
D'où venait leur sécurité
Veut que bientôt, puissante et libre
La France ait repris sa fierté,
Non la fierté rogue et hautaine
Du parvenu qui se voit fort,
Mais celle qui, douce et sereine,
Aime et protége en souveraine
La paix, la justice et l'accord.

Oui, France, assez dans la poussière
S'est abaissé ton noble front!
Assez et trop ton âme altière
A bu la douleur et l'affront!
Eloigne-toi du précipice
Qu'à tes pieds creusèrent le vice,
L'incurie et les trahisons :
Relève-toi puissante et digne;
Remonte au rang que Dieu t'assigne
Dans le conseil des nations.

C'est là que, maîtrisant l'amorce
De tes justes ressentiments,
Tu sauras attendre en ta force
La marche des événements.
Un jour l'Alsace et la Lorraine,
Comme à leur légitime reine,

Te reviendront sans coup férir :
L'Europe, en un jour de détresse,
N'ayant plus foi qu'en ta sagesse,
S'entendra pour te les offrir.

V.

ÉPILOGUE

Osons, mon cœur, après tant de souffrances,
Quand va sonner le terme de mes ans,
Jusqu'à la foi montant nos espérances,
Au Roi-Prophète emprunter nos accents.

Notre Dieu (1), le Seigneur, est le Dieu des armées;
Il est notre refuge; en lui nous sommes forts :
Quand s'attristent le plus nos âmes alarmées,
Du méchant son secours dissipe les efforts.

Aussi ne craignons point lorsque l'orage gronde,
Quand, se heurtant entr'eux et les monts et les mers

(1) Voir le Psaume 45, *Deus noster*, dont ces vers ne sont
qu'un essai de traduction.

Bondissent, confondant et le rivage et l'onde,
Et d'un affreux chaos menacent l'univers.

Vainement ont mugi, ravageant nos campagnes,
Du torrent destructeur les flots tumultueux.
En vain dans ce tumulte ont bondi les montagnes :
Sous sa puissante main tout se range avec eux !

Le torrent devient fleuve, et sa course, plus lente,
Donne à Sion la joie et la fertilité,
Tandis que le Très-Haut, y déployant sa tente,
Sanctifie à jamais cette auguste cité.

Au milieu de ses murs il siége inébranlable ;
Il veillera sur elle avant le point du jour :
Les peuples ont frémi quand son bras formidable
Devant elle a courbé les trônes d'alentour.

Sa voix a retenti comme un bruyant tonnerre,
Et la terre a tremblé jusqu'en ses fondements !
Avec nous est ce Dieu, le maître de la guerre,
Le soutien d'Israël et l'arbitre du temps !

Venez, Peuples, voyez, contemplez les prodiges
Qu'a partout opérés son invincible main,
Sa main, qui, de la guerre effaçant les vestiges,
La repousse du monde et la soumet au frein.

En débris sous ses pieds, les armes homicides
Suivront les boucliers dévorés par le feu.
« Nations, renoncez à vos complots perfides,
« Dira-t-il; car, voyez, c'est Moi seul qui suis Dieu ! »

« Tremblantes devant moi, vous chanterez ma gloire;
« Vers moi, du monde entier s'élèveront les chants ! »
— Avec nous est ce Dieu, le Dieu de la Victoire,
Le Soutien d'Israël et l'Arbitre du Temps !

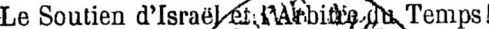

ON TROUVE A LA MÊME LIBRAIRIE

Grand assortiment de Paroissiens, Recueils de Prières, Livres classiques en tous genres, Fournitures de bureau, etc., etc.

DIJON. — IMP. J. MARCHAND, RUE BASSANO, 12.

www.ingramcontent.com/pod-product-compliance
Lightning Source LLC
Chambersburg PA
CBHW061424170626

46811CB00005B/2118